每一个当下
都有新的答案

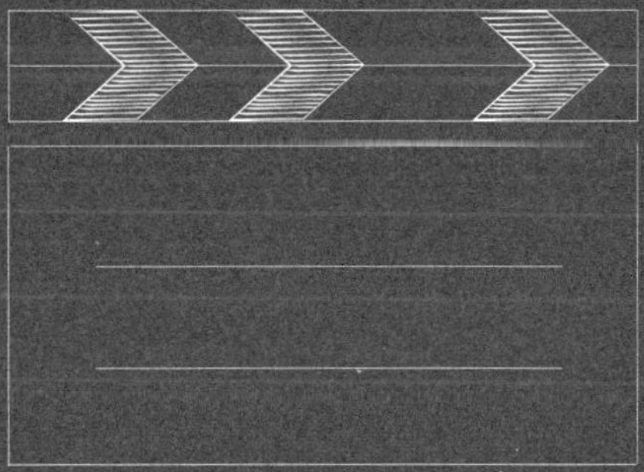

一 Jan.
二 Feb.
三 Mar.
四 Apr.
五 May
六 June
七 July
八 Aug.
九 Sept.
十 Oct.
十一 Nov.
十二 Dec.

周一	周二	周三

周四	周五	周六	周日

一 Jan.

二 Feb.

三 Mar.

四 Apr.

五 May

六 June

七 July

八 Aug.

九 Sept.

十 Oct.

十一 Nov.

十二 Dec.

周一	周二	周三

周四	周五	周六	周日

一 Jan.

二 Feb.

三 Mar.

四 Apr.

五 May

六 June

七 July

八 Aug.

九 Sept.

十 Oct.

十一 Nov.

十二 Dec.

周一	周二	周三

周四	周五	周六	周日

一 Jan.

二 Feb.

三 Mar.

四 Apr.

五 May

六 June

七 July

八 Aug.

九 Sept.

十 Oct.

十一 Nov.

十二 Dec.

周一	周二	周三

周四	周五	周六	周日

一 Jan.

二 Feb.

三 Mar.

四 Apr.

五 May

六 June

七 July

八 Aug.

九 Sept.

十 Oct.

十一 Nov.

十二 Dec.

周一	周二	周三

周四	周五	周六	周日

一 Jan.

二 Feb.

三 Mar.

四 Apr.

五 May

六 June

七 July

八 Aug.

九 Sept.

十 Oct.

十一 Nov.

十二 Dec.

周一	周二	周三

周四	周五	周六	周日

一 Jan.

二 Feb.

三 Mar.

四 Apr.

五 May

六 June

七 July

八 Aug.

九 Sept.

十 Oct.

十一 Nov.

十二 Dec.

周一	周二	周三

周四	周五	周六	周日

一 Jan.

二 Feb.

三 Mar.

四 Apr.

五 May

六 June

七 July

八 Aug.

九 Sept.

十 Oct.

十一 Nov.

十二 Dec.

周一	周二	周三

周四	周五	周六	周日

一 Jan.
二 Feb.
三 Mar.
四 Apr.
五 May
六 June
七 July
八 Aug.
九 Sept.
十 Oct.
十一 Nov.
十二 Dec.

周一	周二	周三

周四	周五	周六	周日

一 Jan.

二 Feb.

三 Mar.

四 Apr.

五 May

六 June

七 July

八 Aug.

九 Sept.

十 Oct.

十一 Nov.

十二 Dec.

周一	周二	周三

周四	周五	周六	周日

一 Jan.

二 Feb.

三 Mar.

四 Apr.

五 May

六 June

七 July

八 Aug.

九 Sept.

十 Oct.

十一 Nov.

十二 Dec.

周一	周二	周三

周四	周五	周六	周日

一 Jan.

二 Feb.

三 Mar.

四 Apr.

五 May

六 June

七 July

八 Aug.

九 Sept.

十 Oct.

十一 Nov.

十二 Dec.

周一	周二	周三

周四	周五	周六	周日

梦想

人没有梦想，和咸鱼有什么区别？

——周星驰

一 Jan. 二 Feb. 三 Mar. 四 Apr. 五 May 六 June 七 July 八 Aug. 九 Sept. 十 Oct. 十一 Nov. 十二 Dec.

1 2 3 4 5 6 7 8 9 10 11 12 13 14 15 16 17 18 19 20 21 22 23 24 25 26 27 28 29 30 31

□

□

□

□

给自己一份订制的礼物吧。它是对自身认知的表达，不是用来炫耀的东西。它就很像你自己，一整天的状态都在自己的节奏里。

一 Jan. 二 Feb. 三 Mar. 四 Apr. 五 May 六 June 七 July 八 Aug. 九 Sept. 十 Oct. 十一 Nov. 十二 Dec.

1 2 3 4 5 6 7 8 9 10 11 12 13 14 15 16 17 18 19 20 21 22 23 24 25 26 27 28 29 30 31

云起，月望，光寻，芋悦，石静，竹见。给自己放个假吧，看看书，听听雨，让时间漫长。偏安一隅，不被打扰。

一 Jan. 二 Feb. 三 Mar. 四 Apr. 五 May 六 June 七 July 八 Aug. 九 Sept. 十 Oct. 十一 Nov. 十二 Dec.

1 2 3 4 5 6 7 8 9 10 11 12 13 14 15 16 17 18 19 20 21 22 23 24 25 26 27 28 29 30 31

生活总需要那样一些时刻，比如一觉醒来，发现桌上的苹果在滚动，游泳圈自己从柜子里滚了出来，天平在摇摆，站在窗边看书，裙子也和窗帘一样斜着下摆……

一Jan. 二Feb. 三Mar. 四Apr. 五May 六June 七July 八Aug. 九Sept. 十Oct. 十一Nov. 十二Dec.

1 2 3 4 5 6 7 8 9 10 11 12 13 14 15 16 17 18 19 20 21 22 23 24 25 26 27 28 29 30 31

生活不是代公式，自己想干的事就要勇敢地去干。

一Jan. 二Feb. 三Mar. 四Apr. 五May 六June 七July 八Aug. 九Sept. 十Oct. 十一Nov. 十二Dec.

1 2 3 4 5 6 7 8 9 10 11 12 13 14 15 16 17 18 19 20 21 22 23 24 25 26 27 28 29 30 31

每天都有人试图逃离自己的生活，每天也都有人因极尽奢华的准备而不得不宣告逃离失败。其实若真要逃离，一辆自行车就够了。

一Jan. 二Feb. 三Mar. 四Apr. 五May 六June 七July 八Aug. 九Sept. 十Oct. 十一Nov. 十二Dec.

1 2 3 4 5 6 7 8 9 10 11 12 13 14 15 16 17 18 19 20 21 22 23 24 25 26 27 28 29 30 31

- [ ]
- [ ]
- [ ]
- [ ]

想用一幅画，向你表白。

一Jan. 二Feb. 三Mar. 四Apr. 五May 六June 七July 八Aug. 九Sept. 十Oct. 十一Nov. 十二Dec.

1 2 3 4 5 6 7 8 9 10 11 12 13 14 15 16 17 18 19 20 21 22 23 24 25 26 27 28 29 30 31

“每一种焊接方法都有不一样的火花，看起来很有意思。”

一Jan. 二Feb. 三Mar. 四Apr. 五May 六June 七July 八Aug. 九Sept. 十Oct. 十一Nov. 十二Dec.

1 2 3 4 5 6 7 8 9 10 11 12 13 14 15 16 17 18 19 20 21 22 23 24 25 26 27 28 29 30 31

☐

☐

☐

☐

带上手机和乐高小人，把你在的城市，拍成童话世界。

一 Jan. 二 Feb. 三 Mar. 四 Apr. 五 May 六 June 七 July 八 Aug. 九 Sept. 十 Oct. 十一 Nov. 十二 Dec.

1 2 3 4 5 6 7 8 9 10 11 12 13 14 15 16 17 18 19 20 21 22 23 24 25 26 27 28 29 30 31

一件东西，从无到有，是享受的过程，也是玩的过程，做自己喜欢的东西就好。

一 Jan. 二 Feb. 三 Mar. 四 Apr. 五 May 六 June 七 July 八 Aug. 九 Sept. 十 Oct. 十一 Nov. 十二 Dec.

1 2 3 4 5 6 7 8 9 10 11 12 13 14 15 16 17 18 19 20 21 22 23 24 25 26 27 28 29 30 31

□

□

□

□

就算上帝给我们的时间不多，也要为人生画上一个圆满的句号。

一 Jan. 二 Feb. 三 Mar. 四 Apr. 五 May 六 June 七 July 八 Aug. 九 Sept. 十 Oct. 十一 Nov. 十二 Dec.

1 2 3 4 5 6 7 8 9 10 11 12 13 14 15 16 17 18 19 20 21 22 23 24 25 26 27 28 29 30 31

别人打碎了我的梦，那就自己再造一个。灰姑娘也有属于自己的童话王国。

一Jan. 二Feb. 三Mar. 四Apr. 五May 六June 七July 八Aug. 九Sept. 十Oct. 十一Nov. 十二Dec.

1 2 3 4 5 6 7 8 9 10 11 12 13 14 15 16 17 18 19 20 21 22 23 24 25 26 27 28 29 30 31

□

□

□

□

传承文化不等同于复制技巧，而是传承一种精神。

一Jan. 二Feb. 三Mar. 四Apr. 五May 六June 七July 八Aug. 九Sept. 十Oct. 十一Nov. 十二Dec.

1 2 3 4 5 6 7 8 9 10 11 12 13 14 15 16 17 18 19 20 21 22 23 24 25 26 27 28 29 30 31

成年人的世界里没有“容易”这两个字。发生的一切都是最好的安排。

一 Jan. 二 Feb. 三 Mar. 四 Apr. 五 May 六 June 七 July 八 Aug. 九 Sept. 十 Oct. 十一 Nov. 十二 Dec.

1 2 3 4 5 6 7 8 9 10 11 12 13 14 15 16 17 18 19 20 21 22 23 24 25 26 27 28 29 30 31

□

□

□

□

登山，虽然不是为了从中得到什么东西，却可以获得无形的精神收获。冒险家，不会停下来。

一 Jan. 二 Feb. 三 Mar. 四 Apr. 五 May 六 June 七 July 八 Aug. 九 Sept. 十 Oct. 十一 Nov. 十二 Dec.

1 2 3 4 5 6 7 8 9 10 11 12 13 14 15 16 17 18 19 20 21 22 23 24 25 26 27 28 29 30 31

☐

☐

☐

☐

用本民族的乐器和语言弹唱，抒发我们的情感，这很动人。

一 Jan. 二 Feb. 三 Mar. 四 Apr. 五 May 六 June 七 July 八 Aug. 九 Sept. 十 Oct. 十一 Nov. 十二 Dec.

1 2 3 4 5 6 7 8 9 10 11 12 13 14 15 16 17 18 19 20 21 22 23 24 25 26 27 28 29 30 31

☐
☐
☐
☐

给自己装个好的汽车音响吧，堵车的时候，只要听到喜欢的音乐，路怒症便不治而愈。

一 Jan. 二 Feb. 三 Mar. 四 Apr. 五 May 六 June 七 July 八 Aug. 九 Sept. 十 Oct. 十一 Nov. 十二 Dec.

1 2 3 4 5 6 7 8 9 10 11 12 13 14 15 16 17 18 19 20 21 22 23 24 25 26 27 28 29 30 31

所谓终极，往往是一个简单的开始。

一Jan. 二Feb. 三Mar. 四Apr. 五May 六June 七July 八Aug. 九Sept. 十Oct. 十一Nov. 十二Dec.

1 2 3 4 5 6 7 8 9 10 11 12 13 14 15 16 17 18 19 20 21 22 23 24 25 26 27 28 29 30 31

旅途不必分秒必争，稍作停留更难能可贵。静下心来，抛开在城市的欲望和不安，收获陌生人最真诚的心，也能寻回那个久违的真实自己。

一Jan. 二Feb. 三Mar. 四Apr. 五May 六June 七July 八Aug. 九Sept. 十Oct. 十一Nov. 十二Dec.

1 2 3 4 5 6 7 8 9 10 11 12 13 14 15 16 17 18 19 20 21 22 23 24 25 26 27 28 29 30 31

☐

☐

☐

☐

用一双彩色的翅膀，跟鸟儿一起拥有一片天空。

一Jan. 二Feb. 三Mar. 四Apr. 五May 六June 七July 八Aug. 九Sept. 十Oct. 十一Nov. 十二Dec.

1 2 3 4 5 6 7 8 9 10 11 12 13 14 15 16 17 18 19 20 21 22 23 24 25 26 27 28 29 30 31

勇往直前就是指明海上航向的罗盘针，哪怕耗尽一切仍不放手，直到梦想实现。

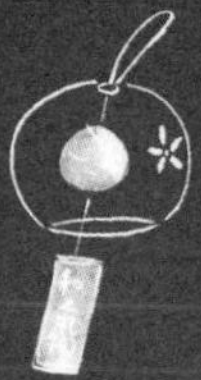

热爱

永不放弃，即使中途变得困难。

——黑泽明

一 Jan. 二 Feb. 三 Mar. 四 Apr. 五 May 六 June 七 July 八 Aug. 九 Sept. 十 Oct. 十一 Nov. 十二 Dec.

1 2 3 4 5 6 7 8 9 10 11 12 13 14 15 16 17 18 19 20 21 22 23 24 25 26 27 28 29 30 31

□

□

□

□

既然人生只有一次，那就要用尽全力地活着。

一 Jan. 二 Feb. 三 Mar. 四 Apr. 五 May 六 June 七 July 八 Aug. 九 Sept. 十 Oct. 十一 Nov. 十二 Dec.

1 2 3 4 5 6 7 8 9 10 11 12 13 14 15 16 17 18 19 20 21 22 23 24 25 26 27 28 29 30 31

把小日子收进手账里。只要拿起笔开始写，再平淡的生活，也能从点滴记录中，找到千万个值得回味的小确幸。

手账人生

一 Jan. 二 Feb. 三 Mar. 四 Apr. 五 May 六 June 七 July 八 Aug. 九 Sept. 十 Oct. 十一 Nov. 十二 Dec.

1 2 3 4 5 6 7 8 9 10 11 12 13 14 15 16 17 18 19 20 21 22 23 24 25 26 27 28 29 30 31

☐

☐

☐

☐

日常生活中的各种器物，不一定是特别的，但就在我们周边，随取随用，也许说不出哪里好，但就是替代不了。

一Jan. 二Feb. 三Mar. 四Apr. 五May 六June 七July 八Aug. 九Sept. 十Oct. 十一Nov. 十二Dec.

1 2 3 4 5 6 7 8 9 10 11 12 13 14 15 16 17 18 19 20 21 22 23 24 25 26 27 28 29 30 31

人之一生，一呼一吸，一休一憩，循环无穷尽。忙累了，就停下来，饮一杯抹茶，吃一粒和果子吧。

一Jan. 二Feb. 三Mar. 四Apr. 五May 六June 七July 八Aug. 九Sept. 十Oct. 十一Nov. 十二Dec.

1 2 3 4 5 6 7 8 9 10 11 12 13 14 15 16 17 18 19 20 21 22 23 24 25 26 27 28 29 30 31

- [ ]
- [ ]
- [ ]
- [ ]

不必害怕老去，八十岁的时候，也能活成十八岁的少女。

一 Jan. 二 Feb. 三 Mar. 四 Apr. 五 May 六 June 七 July 八 Aug. 九 Sept. 十 Oct. 十一 Nov. 十二 Dec.

1 2 3 4 5 6 7 8 9 10 11 12 13 14 15 16 17 18 19 20 21 22 23 24 25 26 27 28 29 30 31

一封信，有来去，才能缓解两颗心的孤独；一个人，有坚守，才值得千里之遥的托付。

一Jan. 二Feb. 三Mar. 四Apr. 五May 六June 七July 八Aug. 九Sept. 十Oct. 十一Nov. 十二Dec.

1 2 3 4 5 6 7 8 9 10 11 12 13 14 15 16 17 18 19 20 21 22 23 24 25 26 27 28 29 30 31

所谓珍物，应该是独一无二的，每个细节和纹理都刻画着我们生命的珍贵印记。

一Jan. 二Feb. 三Mar. 四Apr. 五May 六June 七July 八Aug. 九Sept. 十Oct. 十一Nov. 十二Dec.

1 2 3 4 5 6 7 8 9 10 11 12 13 14 15 16 17 18 19 20 21 22 23 24 25 26 27 28 29 30 31

☐

☐

☐

☐

择一事，终一生。

一 Jan.　二 Feb.　三 Mar.　四 Apr.　五 May　六 June　七 July　八 Aug.　九 Sept.　十 Oct.　十一 Nov.　十二 Dec.

1 2 3 4 5 6 7 8 9 10 11 12 13 14 15 16 17 18 19 20 21 22 23 24 25 26 27 28 29 30 31

探索加拿大最好的方式，就是先造一艘独木舟。

一 Jan. 二 Feb. 三 Mar. 四 Apr. 五 May 六 June 七 July 八 Aug. 九 Sept. 十 Oct. 十一 Nov. 十二 Dec.

1 2 3 4 5 6 7 8 9 10 11 12 13 14 15 16 17 18 19 20 21 22 23 24 25 26 27 28 29 30 31

□

□

□

□

人生就像一艘船，每个人都有可能在彷徨中度过。

一 Jan. 二 Feb. 三 Mar. 四 Apr. 五 May 六 June 七 July 八 Aug. 九 Sept. 十 Oct. 十一 Nov. 十二 Dec.

1 2 3 4 5 6 7 8 9 10 11 12 13 14 15 16 17 18 19 20 21 22 23 24 25 26 27 28 29 30 31

音乐不需要词语的包装。音乐一响起，荷尔蒙的直观反映，是最真实的。

一 Jan. 二 Feb. 三 Mar. 四 Apr. 五 May 六 June 七 July 八 Aug. 九 Sept. 十 Oct. 十一 Nov. 十二 Dec.

1 2 3 4 5 6 7 8 9 10 11 12 13 14 15 16 17 18 19 20 21 22 23 24 25 26 27 28 29 30 31

做自己喜欢的事，什么时候开始都不算晚。

一Jan. 二Feb. 三Mar. 四Apr. 五May 六June 七July 八Aug. 九Sept. 十Oct. 十一Nov. 十二Dec.

1 2 3 4 5 6 7 8 9 10 11 12 13 14 15 16 17 18 19 20 21 22 23 24 25 26 27 28 29 30 31

☐

☐

☐

☐

真正的年轻，是心态的年轻。当然人会慢慢老去，但在这个过程中，要享受自己，享受乐趣。

一 Jan. 二 Feb. 三 Mar. 四 Apr. 五 May 六 June 七 July 八 Aug. 九 Sept. 十 Oct. 十一 Nov. 十二 Dec.

1 2 3 4 5 6 7 8 9 10 11 12 13 14 15 16 17 18 19 20 21 22 23 24 25 26 27 28 29 30 31

- [ ]
- [ ]
- [ ]
- [ ]

赶上天气好的时候，到公园里放风筝吧。

一Jan. 二Feb. 三Mar. 四Apr. 五May 六June 七July 八Aug. 九Sept. 十Oct. 十一Nov. 十二Dec.

1 2 3 4 5 6 7 8 9 10 11 12 13 14 15 16 17 18 19 20 21 22 23 24 25 26 27 28 29 30 31

□

□

□

□

“慢的传承邂逅快的时代，我选择踏实地坚守。”

一Jan. 二Feb. 三Mar. 四Apr. 五May 六June 七July 八Aug. 九Sept. 十Oct. 十一Nov. 十二Dec.

1 2 3 4 5 6 7 8 9 10 11 12 13 14 15 16 17 18 19 20 21 22 23 24 25 26 27 28 29 30 31

“只要是我能走到的范围，都是我管护的地方。”

一Jan. 二Feb. 三Mar. 四Apr. 五May 六June 七July 八Aug. 九Sept. 十Oct. 十一Nov. 十二Dec.

1 2 3 4 5 6 7 8 9 10 11 12 13 14 15 16 17 18 19 20 21 22 23 24 25 26 27 28 29 30 31

□

□

□

□

面朝大海的日子里，一块小小的冲浪板，一次起浪的定格，碧海蓝天，简单、真实、自由。

一Jan. 二Feb. 三Mar. 四Apr. 五May 六June 七July 八Aug. 九Sept. 十Oct. 十一Nov. 十二Dec.

1 2 3 4 5 6 7 8 9 10 11 12 13 14 15 16 17 18 19 20 21 22 23 24 25 26 27 28 29 30 31

一个城市是离不开歌剧院的，至少有一个地方要让人觉得这个城市是一个歌唱型的城市，人与人之间不仅是语言的交流，还有声音的交流。

一 Jan. 二 Feb. 三 Mar. 四 Apr. 五 May 六 June 七 July 八 Aug. 九 Sept. 十 Oct. 十一 Nov. 十二 Dec.

1 2 3 4 5 6 7 8 9 10 11 12 13 14 15 16 17 18 19 20 21 22 23 24 25 26 27 28 29 30 31

□

□

□

□

给病房带去欢笑，治愈病床上的孤独。这也是一种疗愈。

一 Jan. 二 Feb. 三 Mar. 四 Apr. 五 May 六 June 七 July 八 Aug. 九 Sept. 十 Oct. 十一 Nov. 十二 Dec.

1 2 3 4 5 6 7 8 9 10 11 12 13 14 15 16 17 18 19 20 21 22 23 24 25 26 27 28 29 30 31

☐

☐

☐

☐

翼装飞行，无拘无束，拥抱蓝天，既紧张，又幸福。

一Jan. 二Feb. 三Mar. 四Apr. 五May 六June 七July 八Aug. 九Sept. 十Oct. 十一Nov. 十二Dec.

1 2 3 4 5 6 7 8 9 10 11 12 13 14 15 16 17 18 19 20 21 22 23 24 25 26 27 28 29 30 31

美好的食器与美食相伴相衬，会让吃饭这件事变得更加美好，让人充满感恩的心情。

一 Jan. 二 Feb. 三 Mar. 四 Apr. 五 May 六 June 七 July 八 Aug. 九 Sept. 十 Oct. 十一 Nov. 十二 Dec.

1 2 3 4 5 6 7 8 9 10 11 12 13 14 15 16 17 18 19 20 21 22 23 24 25 26 27 28 29 30 31

☐

☐

☐

☐

在 90 分钟的时间里，用声音深情演绎一首 15000 字的爱情长诗，将你带回到那个纷乱而浪漫的年代。

独角诗剧

一 Jan. 二 Feb. 三 Mar. 四 Apr. 五 May 六 June 七 July 八 Aug. 九 Sept. 十 Oct. 十一 Nov. 十二 Dec.

1 2 3 4 5 6 7 8 9 10 11 12 13 14 15 16 17 18 19 20 21 22 23 24 25 26 27 28 29 30 31

□

□

□

□

绿水青山中慢品生活，白发苍苍也乐在其中。

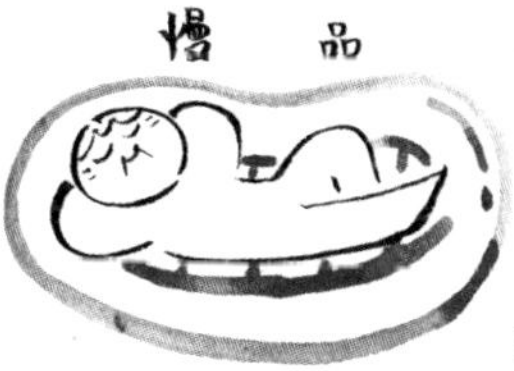

一Jan. 二Feb. 三Mar. 四Apr. 五May 六June 七July 八Aug. 九Sept. 十Oct. 十一Nov. 十二Dec.

1 2 3 4 5 6 7 8 9 10 11 12 13 14 15 16 17 18 19 20 21 22 23 24 25 26 27 28 29 30 31

人生很短暂，如果你选择一项事业，你要明白自己喜欢不喜欢，如果不喜欢就不要去做，因为这会给自己和他人都带来伤害。

一Jan. 二Feb. 三Mar. 四Apr. 五May 六June 七July 八Aug. 九Sept. 十Oct. 十一Nov. 十二Dec.

1 2 3 4 5 6 7 8 9 10 11 12 13 14 15 16 17 18 19 20 21 22 23 24 25 26 27 28 29 30 31

☐

☐

☐

☐

“而今我仍是爱书，可是也懂得爱我平凡的生活。是多少年的书本，才化为今日这份领悟与宁静。我的心里，有声音在悄悄地对我说，这就是了，这就是一切了。”

探索

与其没做而感到后悔，不如即使会后悔也一做了之。

——宫崎骏

一Jan. 二Feb. 三Mar. 四Apr. 五May 六June 七July 八Aug. 九Sept. 十Oct. 十一Nov. 十二Dec.

1 2 3 4 5 6 7 8 9 10 11 12 13 14 15 16 17 18 19 20 21 22 23 24 25 26 27 28 29 30 31

找一座充满时光记忆的老院子，读书、写字、思考、交流……慢慢浸入静谧的时光。忙碌的日子里，只有慢热的喜欢，才经得起时间的考验。

一 Jan. 二 Feb. 三 Mar. 四 Apr. 五 May 六 June 七 July 八 Aug. 九 Sept. 十 Oct. 十一 Nov. 十二 Dec.

1 2 3 4 5 6 7 8 9 10 11 12 13 14 15 16 17 18 19 20 21 22 23 24 25 26 27 28 29 30 31

□

□

□

□

余生需要一次同人祭才算完满。阎魔、卡卡西、杰克船长、路飞、奥特曼……颜值就是正义。

一 Jan. 二 Feb. 三 Mar. 四 Apr. 五 May 六 June 七 July 八 Aug. 九 Sept. 十 Oct. 十一 Nov. 十二 Dec.

1 2 3 4 5 6 7 8 9 10 11 12 13 14 15 16 17 18 19 20 21 22 23 24 25 26 27 28 29 30 31

勒起马缰，才明白速度和力量从来不只属于少数人。当它带着你奔腾时，你将找回你缺失的东西——自由和自信。

一 Jan. 二 Feb. 三 Mar. 四 Apr. 五 May 六 June 七 July 八 Aug. 九 Sept. 十 Oct. 十一 Nov. 十二 Dec.

1 2 3 4 5 6 7 8 9 10 11 12 13 14 15 16 17 18 19 20 21 22 23 24 25 26 27 28 29 30 31

□

□

□

□

在小河边画画，在森林里做手冲咖啡，在大树下上花艺课，在阳光灿烂的夏日里野餐，再染一块属于自己的餐布。愿意亲近自然的人，内心都无比单纯。

一Jan. 二Feb. 三Mar. 四Apr. 五May 六June 七July 八Aug. 九Sept. 十Oct. 十一Nov. 十二Dec.

1 2 3 4 5 6 7 8 9 10 11 12 13 14 15 16 17 18 19 20 21 22 23 24 25 26 27 28 29 30 31

□

□

□

□

与自己独处的时光，充满着各种可能性。一个人，一杯暖心的咖啡，一部扣人心弦的电影，一个引人入胜的故事，一场回味悠长的梦……

一Jan. 二Feb. 三Mar. 四Apr. 五May 六June 七July 八Aug. 九Sept. 十Oct. 十一Nov. 十二Dec.

1 2 3 4 5 6 7 8 9 10 11 12 13 14 15 16 17 18 19 20 21 22 23 24 25 26 27 28 29 30 31

☐

☐

☐

☐

出门一脸沮丧，回家所向披靡。上天入地，活出自己，我知道，爱独处的你，其实并不孤单。

一 Jan. 二 Feb. 三 Mar. 四 Apr. 五 May 六 June 七 July 八 Aug. 九 Sept. 十 Oct. 十一 Nov. 十二 Dec.

1 2 3 4 5 6 7 8 9 10 11 12 13 14 15 16 17 18 19 20 21 22 23 24 25 26 27 28 29 30 31

□

□

□

□

奶牛系、萌犬系、天鹅系、金鱼系，你是哪个系？

一Jan. 二Feb. 三Mar. 四Apr. 五May 六June 七July 八Aug. 九Sept. 十Oct. 十一Nov. 十二Dec.

1 2 3 4 5 6 7 8 9 10 11 12 13 14 15 16 17 18 19 20 21 22 23 24 25 26 27 28 29 30 31

送给失眠的你。

一 Jan. 二 Feb. 三 Mar. 四 Apr. 五 May 六 June 七 July 八 Aug. 九 Sept. 十 Oct. 十一 Nov. 十二 Dec.

1 2 3 4 5 6 7 8 9 10 11 12 13 14 15 16 17 18 19 20 21 22 23 24 25 26 27 28 29 30 31

旅行何必那么复杂，最简单的就是最好的，今天风吹到哪里，我们就去哪里。

一 Jan. 二 Feb. 三 Mar. 四 Apr. 五 May 六 June 七 July 八 Aug. 九 Sept. 十 Oct. 十一 Nov. 十二 Dec.

1 2 3 4 5 6 7 8 9 10 11 12 13 14 15 16 17 18 19 20 21 22 23 24 25 26 27 28 29 30 31

置身浩瀚的星空下，幻想生命之外的神秘世界，一切的存在都在刹那间变得如此渺小。

一Jan. 二Feb. 三Mar. 四Apr. 五May 六June 七July 八Aug. 九Sept. 十Oct. 十一Nov. 十二Dec.

1 2 3 4 5 6 7 8 9 10 11 12 13 14 15 16 17 18 19 20 21 22 23 24 25 26 27 28 29 30 31

☐

☐

☐

☐

与其花几百万买套房子，不如用这些钱变身游侠，把世界带回家。

一Jan. 二Feb. 三Mar. 四Apr. 五May 六June 七July 八Aug. 九Sept. 十Oct. 十一Nov. 十二Dec.

1 2 3 4 5 6 7 8 9 10 11 12 13 14 15 16 17 18 19 20 21 22 23 24 25 26 27 28 29 30 31

- [ ]
- [ ]
- [ ]
- [ ]

冒险是一件特别重要的事情，要勇于解开一个又一个谜团，收获一个又一个百宝箱，能感知多少，才能拥有多少。

一 Jan. 二 Feb. 三 Mar. 四 Apr. 五 May 六 June 七 July 八 Aug. 九 Sept. 十 Oct. 十一 Nov. 十二 Dec.

1 2 3 4 5 6 7 8 9 10 11 12 13 14 15 16 17 18 19 20 21 22 23 24 25 26 27 28 29 30 31

☐

☐

☐

☐

如果不带一分钱，能把中国走完，未来还有什么可担心的呢？

一Jan. 二Feb. 三Mar. 四Apr. 五May 六June 七July 八Aug. 九Sept. 十Oct. 十一Nov. 十二Dec.

1 2 3 4 5 6 7 8 9 10 11 12 13 14 15 16 17 18 19 20 21 22 23 24 25 26 27 28 29 30 31

□

□

□

□

坏了，随手丢弃；旧了，一扔了事；腻了，立马换新。在这个快速更新的时代，你有多长时间没有静下来思考了？比起快速更新，你更需要的也许是静心阅己。

一Jan. 二Feb. 三Mar. 四Apr. 五May 六June 七July 八Aug. 九Sept. 十Oct. 十一Nov. 十二Dec.

1 2 3 4 5 6 7 8 9 10 11 12 13 14 15 16 17 18 19 20 21 22 23 24 25 26 27 28 29 30 31

☐

☐

☐

☐

任何状态下都不要给自己贴上固有的标签。如果不幸被标签化，一定要有勇气摆脱，因为想要的生活从来都是自己给的。

一Jan. 二Feb. 三Mar. 四Apr. 五May 六June 七July 八Aug. 九Sept. 十Oct. 十一Nov. 十二Dec.

1 2 3 4 5 6 7 8 9 10 11 12 13 14 15 16 17 18 19 20 21 22 23 24 25 26 27 28 29 30 31

- [ ]
- [ ]
- [ ]
- [ ]

有时间的时候，约三五好友，青梅煮酒，树下小饮，悠闲自在。

一 Jan. 二 Feb. 三 Mar. 四 Apr. 五 May 六 June 七 July 八 Aug. 九 Sept. 十 Oct. 十一 Nov. 十二 Dec.

1 2 3 4 5 6 7 8 9 10 11 12 13 14 15 16 17 18 19 20 21 22 23 24 25 26 27 28 29 30 31

☐

☐

☐

☐

工作就像谈恋爱，有苦有甜。现在经历的所有委屈和痛苦，几年后，都不过是你的莞尔一笑。

一 Jan. 二 Feb. 三 Mar. 四 Apr. 五 May 六 June 七 July 八 Aug. 九 Sept. 十 Oct. 十一 Nov. 十二 Dec.

1 2 3 4 5 6 7 8 9 10 11 12 13 14 15 16 17 18 19 20 21 22 23 24 25 26 27 28 29 30 31

赢过那么多次，总结出一个规律：不赌为赢。

一Jan. 二Feb. 三Mar. 四Apr. 五May 六June 七July 八Aug. 九Sept. 十Oct. 十一Nov. 十二Dec.

1 2 3 4 5 6 7 8 9 10 11 12 13 14 15 16 17 18 19 20 21 22 23 24 25 26 27 28 29 30 31

☐

☐

☐

☐

仅凭一口气，潜入深海，享受在水下屏息，享受和鱼群畅游，享受探寻未知的过程。

一 Jan. 二 Feb. 三 Mar. 四 Apr. 五 May 六 June 七 July 八 Aug. 九 Sept. 十 Oct. 十一 Nov. 十二 Dec.

1 2 3 4 5 6 7 8 9 10 11 12 13 14 15 16 17 18 19 20 21 22 23 24 25 26 27 28 29 30 31

☐

☐

☐

☐

人的一生，和宇宙比起来，实在微乎其微。但我们力所能及做一些事情，对科学和人的发展产生一些帮助，这是有意义的事。

一 Jan. 二 Feb. 三 Mar. 四 Apr. 五 May 六 June 七 July 八 Aug. 九 Sept. 十 Oct. 十一 Nov. 十二 Dec.

1 2 3 4 5 6 7 8 9 10 11 12 13 14 15 16 17 18 19 20 21 22 23 24 25 26 27 28 29 30 31

匆忙行走于都市丛林之中，我们渐渐遗忘，有些光景需要停下来才能品味出诗意。

一Jan. 二Feb. 三Mar. 四Apr. 五May 六June 七July 八Aug. 九Sept. 十Oct. 十一Nov. 十二Dec.

1 2 3 4 5 6 7 8 9 10 11 12 13 14 15 16 17 18 19 20 21 22 23 24 25 26 27 28 29 30 31

□

□

□

□

不怕，不痛，就是滑板精神。

一 Jan. 二 Feb. 三 Mar. 四 Apr. 五 May 六 June 七 July 八 Aug. 九 Sept. 十 Oct. 十一 Nov. 十二 Dec.

1 2 3 4 5 6 7 8 9 10 11 12 13 14 15 16 17 18 19 20 21 22 23 24 25 26 27 28 29 30 31

不因我们的需求而粗暴地夺去动物的生命，我们应该将它们引领到合适的栖息地。

驯鹰人

一Jan. 二Feb. 三Mar. 四Apr. 五May 六June 七July 八Aug. 九Sept. 十Oct. 十一Nov. 十二Dec.

1 2 3 4 5 6 7 8 9 10 11 12 13 14 15 16 17 18 19 20 21 22 23 24 25 26 27 28 29 30 31

☐

☐

☐

☐

当一地的鞋子摆在面前，就像拥有了全世界。

一Jan. 二Feb. 三Mar. 四Apr. 五May 六June 七July 八Aug. 九Sept. 十Oct. 十一Nov. 十二Dec.

1 2 3 4 5 6 7 8 9 10 11 12 13 14 15 16 17 18 19 20 21 22 23 24 25 26 27 28 29 30 31

□

□

□

□

最兴奋的，不是起飞的一瞬间，而是操纵杆交到你手上的时候，你的每一个动作，都会对飞机的姿态产生影响。

未来

没有任何梦想只是白日梦一场。

——库布里克

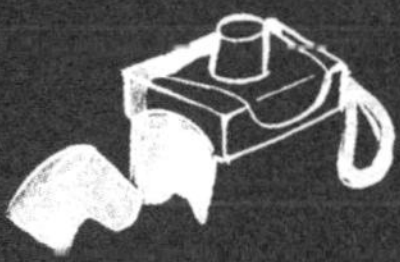

一 Jan. 二 Feb. 三 Mar. 四 Apr. 五 May 六 June 七 July 八 Aug. 九 Sept. 十 Oct. 十一 Nov. 十二 Dec.

1 2 3 4 5 6 7 8 9 10 11 12 13 14 15 16 17 18 19 20 21 22 23 24 25 26 27 28 29 30 31

□

□

□

□

因为有了书的光芒，才不会陷入庸人自扰的恐慌。找一个适合阅读的地方，暂时告别浮华喧嚣，停下来思考。

一Jan. 二Feb. 三Mar. 四Apr. 五May 六June 七July 八Aug. 九Sept. 十Oct. 十一Nov. 十二Dec.

1 2 3 4 5 6 7 8 9 10 11 12 13 14 15 16 17 18 19 20 21 22 23 24 25 26 27 28 29 30 31

这一切终将成为过去，可漫长的岁月里，记得我们曾经爱过，也是不错的结局。

一Jan. 二Feb. 三Mar. 四Apr. 五May 六June 七July 八Aug. 九Sept. 十Oct. 十一Nov. 十二Dec.

1 2 3 4 5 6 7 8 9 10 11 12 13 14 15 16 17 18 19 20 21 22 23 24 25 26 27 28 29 30 31

- [ ]
- [ ]
- [ ]
- [ ]

生活是个小戏场，倦了就一头扎进一个暗黑马戏团，法式、复古、猩红色的情调，没什么不可以。

一Jan. 二Feb. 三Mar. 四Apr. 五May 六June 七July 八Aug. 九Sept. 十Oct. 十一Nov. 十二Dec.

1 2 3 4 5 6 7 8 9 10 11 12 13 14 15 16 17 18 19 20 21 22 23 24 25 26 27 28 29 30 31

当代最时髦的野营指南，包括教你叫外卖。

野营现代式

一Jan. 二Feb. 三Mar. 四Apr. 五May 六June 七July 八Aug. 九Sept. 十Oct. 十一Nov. 十二Dec.

1 2 3 4 5 6 7 8 9 10 11 12 13 14 15 16 17 18 19 20 21 22 23 24 25 26 27 28 29 30 31

□

□

□

□

带着画笔去旅行，在一笔一画的描摹中，记录别人，也重新认识自己。

一 Jan. 二 Feb. 三 Mar. 四 Apr. 五 May 六 June 七 July 八 Aug. 九 Sept. 十 Oct. 十一 Nov. 十二 Dec.

1 2 3 4 5 6 7 8 9 10 11 12 13 14 15 16 17 18 19 20 21 22 23 24 25 26 27 28 29 30 31

□

□

□

□

在这个世界上，总有那么一个地方，可以让你我找回勇气，与世界为敌。

一Jan. 二Feb. 三Mar. 四Apr. 五May 六June 七July 八Aug. 九Sept. 十Oct. 十一Nov. 十二Dec.

1 2 3 4 5 6 7 8 9 10 11 12 13 14 15 16 17 18 19 20 21 22 23 24 25 26 27 28 29 30 31

☐

☐

☐

☐

总有些被时代淹没的东西，依然会循着时光的印记归来，只要你真心喜欢。

一 Jan. 二 Feb. 三 Mar. 四 Apr. 五 May 六 June 七 July 八 Aug. 九 Sept. 十 Oct. 十一 Nov. 十二 Dec.

1 2 3 4 5 6 7 8 9 10 11 12 13 14 15 16 17 18 19 20 21 22 23 24 25 26 27 28 29 30 31

- [ ]
- [ ]
- [ ]
- [ ]

“如果上帝能给我凡·高一样的才华，我愿意承受和凡·高一样的痛苦。”

一Jan. 二Feb. 三Mar. 四Apr. 五May 六June 七July 八Aug. 九Sept. 十Oct. 十一Nov. 十二Dec.

1 2 3 4 5 6 7 8 9 10 11 12 13 14 15 16 17 18 19 20 21 22 23 24 25 26 27 28 29 30 31

裹足不前，却期盼这个世界向你张开双臂，这永远不可能发生。我们的人生转瞬即逝，要让每一刻都有意义。

一 Jan. 二 Feb. 三 Mar. 四 Apr. 五 May 六 June 七 July 八 Aug. 九 Sept. 十 Oct. 十一 Nov. 十二 Dec.

1 2 3 4 5 6 7 8 9 10 11 12 13 14 15 16 17 18 19 20 21 22 23 24 25 26 27 28 29 30 31

纸短情长，在爱情面前，距离根本不算什么。

一 Jan. 二 Feb. 三 Mar. 四 Apr. 五 May 六 June 七 July 八 Aug. 九 Sept. 十 Oct. 十一 Nov. 十二 Dec.

1 2 3 4 5 6 7 8 9 10 11 12 13 14 15 16 17 18 19 20 21 22 23 24 25 26 27 28 29 30 31

最爱的人是谁？当然是自己啊。如果不爱自己，怎么去爱别人？想要照顾好所有人的感受，但不能忘了照顾好自己。

一Jan. 二Feb. 三Mar. 四Apr. 五May 六June 七July 八Aug. 九Sept. 十Oct. 十一Nov. 十二Dec.

1 2 3 4 5 6 7 8 9 10 11 12 13 14 15 16 17 18 19 20 21 22 23 24 25 26 27 28 29 30 31

仿佛是给恋人一个蜕变的时间点，作为一种仪式，告诉所有人，我们发生了改变，对生活负有责任，对未来抱有憧憬。

一Jan. 二Feb. 三Mar. 四Apr. 五May 六June 七July 八Aug. 九Sept. 十Oct. 十一Nov. 十二Dec.

1 2 3 4 5 6 7 8 9 10 11 12 13 14 15 16 17 18 19 20 21 22 23 24 25 26 27 28 29 30 31

☐

☐

☐

☐

只要你闭上眼睛，就能听到风，听到海，听到树叶摩擦的声音，这是世界音乐最大的魅力。

一Jan. 二Feb. 三Mar. 四Apr. 五May 六June 七July 八Aug. 九Sept. 十Oct. 十一Nov. 十二Dec.

1 2 3 4 5 6 7 8 9 10 11 12 13 14 15 16 17 18 19 20 21 22 23 24 25 26 27 28 29 30 31

“他们的生活并不会因我来上课而变得容易，但他们或许会意识到自己的潜能，从而到达他们能做到的未来。”

一Jan. 二Feb. 三Mar. 四Apr. 五May 六June 七July 八Aug. 九Sept. 十Oct. 十一Nov. 十二Dec.

1 2 3 4 5 6 7 8 9 10 11 12 13 14 15 16 17 18 19 20 21 22 23 24 25 26 27 28 29 30 31

□

□

□

□

约瑟夫·寇德卡说：“好照片是个奇迹。”

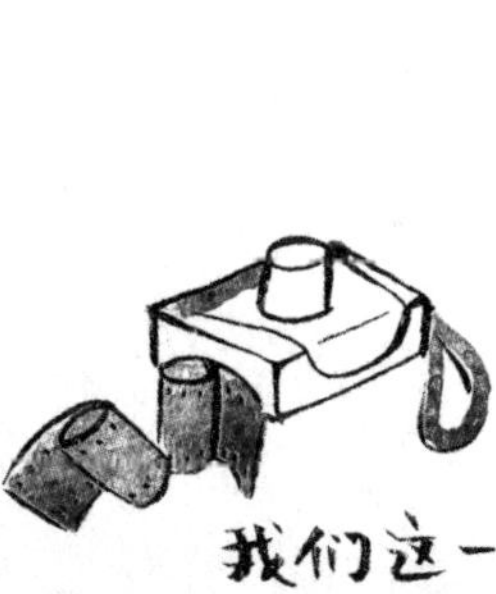

人生

人生不只是坐着等待，好运就会从天而降。就算命中注定，也要自己去把它找出来。

——李安

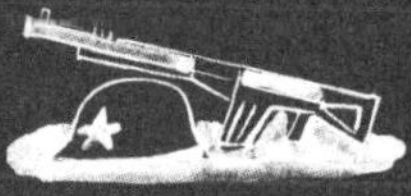

一Jan. 二Feb. 三Mar. 四Apr. 五May 六June 七July 八Aug. 九Sept. 十Oct. 十一Nov. 十二Dec.

1 2 3 4 5 6 7 8 9 10 11 12 13 14 15 16 17 18 19 20 21 22 23 24 25 26 27 28 29 30 31

☐

☐

☐

☐

以你能力所及，给人方寸温暖。

一 Jan. 二 Feb. 三 Mar. 四 Apr. 五 May 六 June 七 July 八 Aug. 九 Sept. 十 Oct. 十一 Nov. 十二 Dec.

1 2 3 4 5 6 7 8 9 10 11 12 13 14 15 16 17 18 19 20 21 22 23 24 25 26 27 28 29 30 31

□

□

□

□

“如果祖国需要，请把我埋在遥远的山岗，让我的身躯长成一道无形的屏障，往来的战友会为我泪落两行。”

一 Jan. 二 Feb. 三 Mar. 四 Apr. 五 May 六 June 七 July 八 Aug. 九 Sept. 十 Oct. 十一 Nov. 十二 Dec.

1 2 3 4 5 6 7 8 9 10 11 12 13 14 15 16 17 18 19 20 21 22 23 24 25 26 27 28 29 30 31

☐

☐

☐

☐

肩负的使命，永远不能放下，但即使负重前行，也要让自己活得更快乐。

一Jan. 二Feb. 三Mar. 四Apr. 五May 六June 七July 八Aug. 九Sept. 十Oct. 十一Nov. 十二Dec.

1 2 3 4 5 6 7 8 9 10 11 12 13 14 15 16 17 18 19 20 21 22 23 24 25 26 27 28 29 30 31

☐

☐

☐

☐

人是被逼出来的。别人靠不了，要靠自己。

一Jan. 二Feb. 三Mar. 四Apr. 五May 六June 七July 八Aug. 九Sept. 十Oct. 十一Nov. 十二Dec.

1 2 3 4 5 6 7 8 9 10 11 12 13 14 15 16 17 18 19 20 21 22 23 24 25 26 27 28 29 30 31

- [ ]
- [ ]
- [ ]
- [ ]

真正的游园者，绝不是到此一游，而是真实感受到园林的诗情画意，知其然，亦知其所以然。

一 Jan. 二 Feb. 三 Mar. 四 Apr. 五 May 六 June 七 July 八 Aug. 九 Sept. 十 Oct. 十一 Nov. 十二 Dec.

1 2 3 4 5 6 7 8 9 10 11 12 13 14 15 16 17 18 19 20 21 22 23 24 25 26 27 28 29 30 31

☐

☐

☐

☐

不是文上了，就记住了，而是文上了，就过去了。

一 Jan. 二 Feb. 三 Mar. 四 Apr. 五 May 六 June 七 July 八 Aug. 九 Sept. 十 Oct. 十一 Nov. 十二 Dec.

1 2 3 4 5 6 7 8 9 10 11 12 13 14 15 16 17 18 19 20 21 22 23 24 25 26 27 28 29 30 31

□

□

□

□

有进展就好，哪有那么多轻松的事。

一 Jan. 二 Feb. 三 Mar. 四 Apr. 五 May 六 June 七 July 八 Aug. 九 Sept. 十 Oct. 十一 Nov. 十二 Dec.

1 2 3 4 5 6 7 8 9 10 11 12 13 14 15 16 17 18 19 20 21 22 23 24 25 26 27 28 29 30 31

以出世的精神，过入世的生活。

一Jan. 二Feb. 三Mar. 四Apr. 五May 六June 七July 八Aug. 九Sept. 十Oct. 十一Nov. 十二Dec.

1 2 3 4 5 6 7 8 9 10 11 12 13 14 15 16 17 18 19 20 21 22 23 24 25 26 27 28 29 30 31

“因为他们很怕见阳光，我们就要给他们阳光。”

一 Jan. 二 Feb. 三 Mar. 四 Apr. 五 May 六 June 七 July 八 Aug. 九 Sept. 十 Oct. 十一 Nov. 十二 Dec.

1 2 3 4 5 6 7 8 9 10 11 12 13 14 15 16 17 18 19 20 21 22 23 24 25 26 27 28 29 30 31

“在医生的字典里，没有‘差不多’‘可能’这种字眼，每一个判断都左右着病人的生死。”

一Jan. 二Feb. 三Mar. 四Apr. 五May 六June 七July 八Aug. 九Sept. 十Oct. 十一Nov. 十二Dec.

1 2 3 4 5 6 7 8 9 10 11 12 13 14 15 16 17 18 19 20 21 22 23 24 25 26 27 28 29 30 31

把所有来自世界其他国家和地区的有害生物阻挡在国门之外，默默捍卫我们的生态平衡。

一Jan. 二Feb. 三Mar. 四Apr. 五May 六June 七July 八Aug. 九Sept. 十Oct. 十一Nov. 十二Dec.

1 2 3 4 5 6 7 8 9 10 11 12 13 14 15 16 17 18 19 20 21 22 23 24 25 26 27 28 29 30 31

☐

☐

☐

☐

不要把目标定得很高，一步一步、一个台阶一个台阶地走，不要想十个台阶以外的事情。

一Jan. 二Feb. 三Mar. 四Apr. 五May 六June 七July 八Aug. 九Sept. 十Oct. 十一Nov. 十二Dec.

1 2 3 4 5 6 7 8 9 10 11 12 13 14 15 16 17 18 19 20 21 22 23 24 25 26 27 28 29 30 31

☐

☐

☐

☐

无论大海怎样凶险，洋流多么复杂，勇敢的、有智慧的人都能克服它。

引航员

一 Jan. 二 Feb. 三 Mar. 四 Apr. 五 May 六 June 七 July 八 Aug. 九 Sept. 十 Oct. 十一 Nov. 十二 Dec.

1 2 3 4 5 6 7 8 9 10 11 12 13 14 15 16 17 18 19 20 21 22 23 24 25 26 27 28 29 30 31

不断打破自我的框架，会发现可以活出很多个不同版本的人生。

打破

一 Jan. 二 Feb. 三 Mar. 四 Apr. 五 May 六 June 七 July 八 Aug. 九 Sept. 十 Oct. 十一 Nov. 十二 Dec.

1 2 3 4 5 6 7 8 9 10 11 12 13 14 15 16 17 18 19 20 21 22 23 24 25 26 27 28 29 30 31

☐

☐

☐

☐

"一路玩到挂，才是人生最大的幸福。"

图书在版编目（CIP）数据

发现之旅 / 二更君著. -- 北京 : 生活书店出版有限公司, 2019.1
ISBN 978-7-80768-283-7

Ⅰ. ①发… Ⅱ. ①二… Ⅲ. ①游记- 作品集- 中国- 当代 Ⅳ. ①I267.4

中国版本图书馆CIP数据核字(2018)第301576号

责任编辑　邝　芮
特约策划　严晶晶
特约编辑　管紫璇　向　婷
特约插画　画黎子
装帧设计　向　婷
责任印制　常宁强
出版发行　生活書店出版有限公司
（北京市东城区美术馆东街22号）
邮　　编　100010
印　　刷　北京顶佳世纪印刷有限公司
版　　次　2019年1月北京第1版
2019年1月北京第1次印刷
开　　本　787毫米×1092毫米 1/32　　印张 7.5
字　　数　5千字　图100幅
定　　价　68.00元
（印装查询：010-64002717；邮购查询：010-84010542）